ArTHur
Beijinhos da Avó Heronimia
que tem muitas saudades
Tuas um Feliz Natal
Junto ao pai e tua mãe
e recebe muitas presentes
porta-te Bem
Beijinhos
Feliz Natal

Em memória de Elizabeth Tamara Angelique Spencer
29 de Maio de 2010 – 10 de Dezembro de 2015 ~ T C x

Para o meu sobrinho, Jonah, e todos os nossos natais
por chegar! x ~ T W

Título da edição original: «It's Christmas», de Little Tiger Press, Londres
Texto © Tracey Corderoy, 2017
Ilustração © Tim Warnes, 2017
© Minutos de Leitura, 2017 – Todos os direitos reservados
Tradução: Pedro Costa
Revisão: Helder Guégués
ISBN 978-972-793-212-2 • D.L. 422684/17 • LTP/1400/1803/0517
1.ª Edição: Outubro de 2017
Impresso na China
Composto em caracteres Little Grog para o texto.

Minutos de Leitura - Edições, Lda.
Rua Sacadura Cabral, 102, Loja 59
2765-349 Galiza-Estoril – Portugal
Tel.: (+351) 21 468 74 39
email: geral@minutosdeleitura.pt

www.minutosdeleitura.pt
Visite Tim Warnes em www.ChapmanandWarnes.com

NATAL!

Tracey Corderoy
Tim Warnes

Minutos
de leitura

O Natal estava a chegar e o Rodrigo estava muito entusiasmado.
Estava mais empolgado que **NUNCA!**

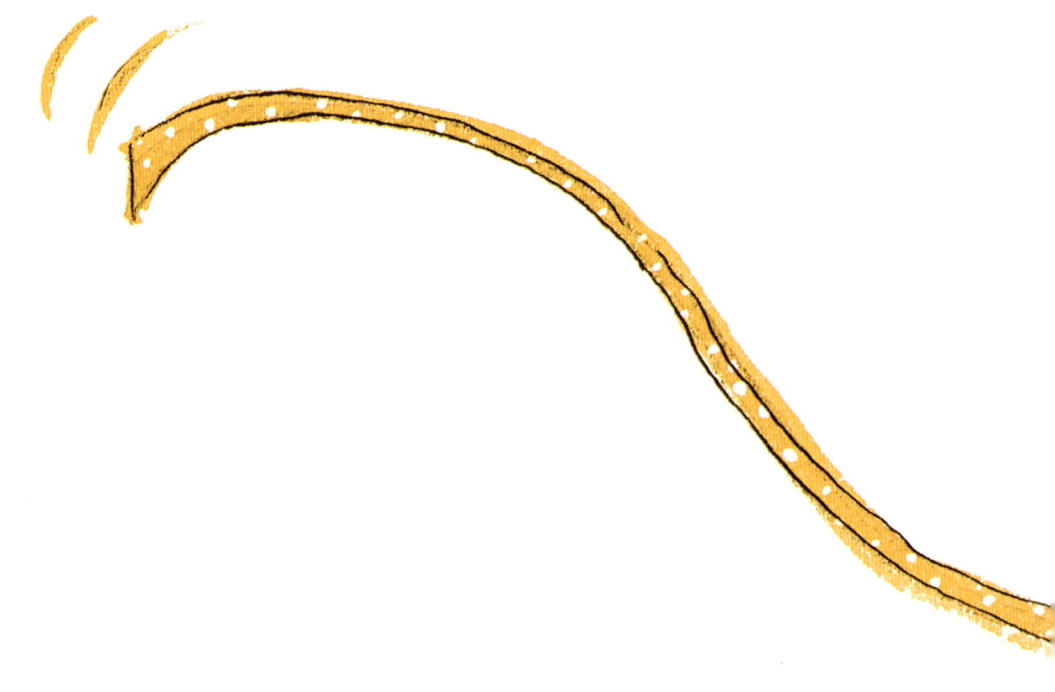

"Não estão ainda suficientemente **natalícios**!"

Então polvilhou-os com uma camada demasiado **generosa** de cobertura especial.

"Olha, Papá!", chamou o Rodrigo. "Pinguins de Natal!"

Depois, ajudou a Mamã a decorar a árvore com as fitas e bolas novas que tinham comprado. Mas...

A árvore não ficou suficientemente **natalícia!**

O Rodrigo foi então à procura das decorações antigas.

Oh!

São lindas, não são?

Ele encontrou até a bem escondida estrela que **NUNCA** parava de piscar!
"Agora sim, já parece Natal!", disse a sorrir o Rodrigo.

Ding-dong! soou a campainha. Eram a Avó e o Avô. E traziam vestidas umas adoráveis camisolas de lã de Natal!

O Rodrigo ficou a olhar para a sua camisola e suspirou.

Não é suficientemente **natalícia!**

Então, pegou na caixa de materiais e pôs-se a trabalhar...

"Tah-dah!", disse, no fim, com uma vénia espalhafatosa.

"Cuidado com a árvore!", avisou o Avô...

Mas esta já **abanava** e **rodopiava** e...

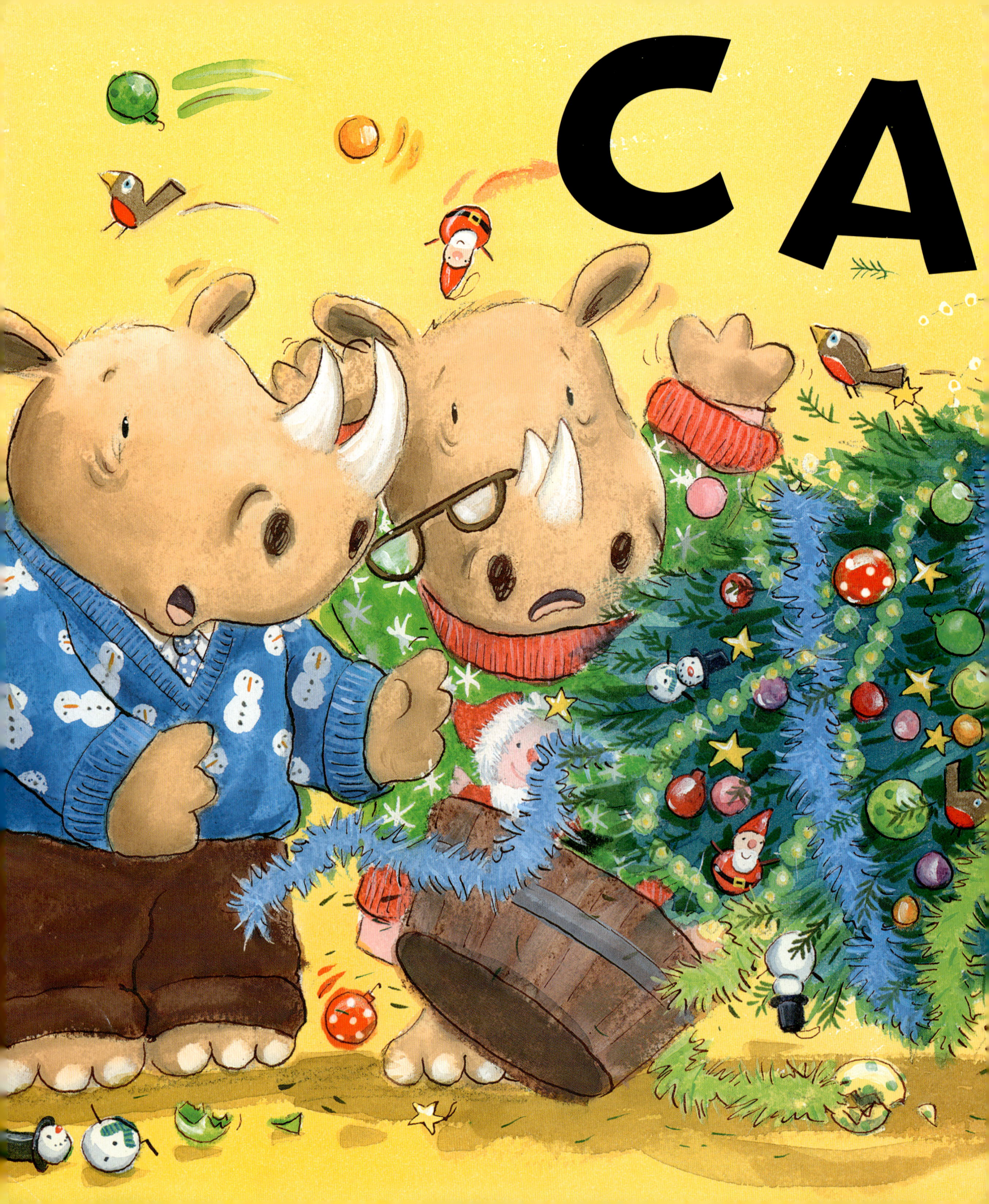

"NÃO faz mal...", disse a Mamã. "Bem... Quem é que quer uma missão **MUITO** natalícia?"

A Mamã sentou o Rodrigo ao pé da janela.
"Preciso que fiques aqui à espera da... neve.
Se começar a nevar, chama-me", sussurrou.

"Viva!", aplaudiu o Rodrigo.
"A neve é **MESMO MUITO** natalícia!"

Pois o Rodrigo esperou, e **esperou**, e **ESPEROU**.

Mas a neve não chegou. **Nem um floco.**

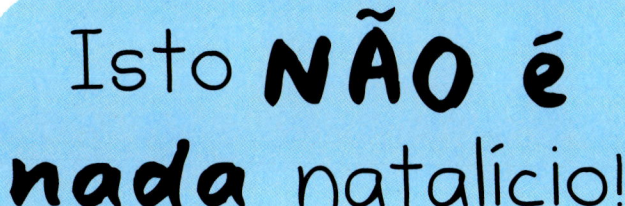

Isto **NÃO é nada** natalício!

Até o Tigre ficou triste.

Mas foi nesse momento que o Rodrigo teve uma ideia brilhante...

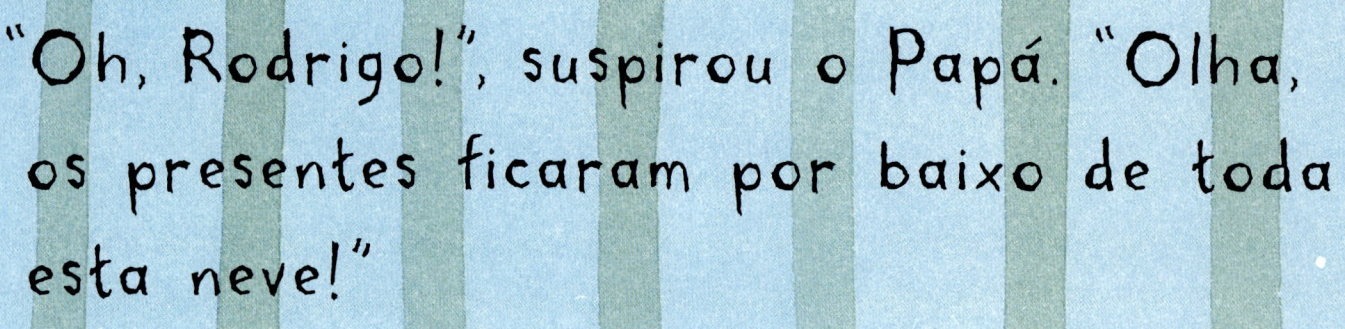

E, por isso, o Rodrigo começou a varrer a neve espalhada em cima dos presentes. Mas – **UPS!** – varreu as etiquetas também!

Para ONDE foi cada uma?

Quando a manhã de Natal finalmente chegou, tudo parecia já natalício. Até a neve era **verdadeira**!

"São horas de abrir os presentes!", chamou a Mamã. E todos se reuniram em volta. Mas havia **alguma** coisa que não estava bem...

O Papá recebeu os novelos de lã da Avó,
a Mamã recebeu a cana de pesca do Avô,
a Avó recebeu a bateria do Papá,
e o Rodrigo recebeu o perfume
preferido da Mamã!

Por fim, o Avô abriu o melhor presente de todos...

Oh, eu pedi um trenó!!!

Felizmente, a Mamã sabia como resolver a enorme baralhada.

Mas a Avó gostou tanto da bateria do Papá, que a deixaram tocar mais uma música. Agora até o Rodrigo tinha de concordar...

Este era, sem dúvida, o Natal mais natalício de SEMPRE!